CHANEL ET SES MOUSSAILLONS

DE LA MÊME AUTEURE
AUX ÉDITIONS PIERRE TISSEYRE

Collection Sésame
Chanel et Pacifique, 2001.

Collection Papillon
Sacrée Minnie Bellavance, 1992.
Minnie Bellavance, prise 2, 1994.
Minnie Bellavance déménage, 2000.

Collection Faubourg Saint-Roch
Une place à prendre, 1998.

CHEZ D'AUTRES ÉDITEURS

Aux Éditions J'aime Lire

Ça roule avec Charlotte, 1997.

Aux Éditions Soulières
Ça roule avec Charlotte, 1999.

Aux Éditions Vents d'Ouest
Hymne à la vie (dans le collectif *Ah! Aimer…*), 1997.

Aux Éditions Les 400 coups
Charles 4!, 2001.

Catalogage avant publication
de Bibliothèque et Archives Canada

Giroux, Dominique

Chanel et ses moussaillons

(Sésame ; 94)
Pour enfants de 6 à 9 ans.

ISBN 978-2-89051-999-2

I. Favreau, Marie-Claude. II. Titre III. Collection :
Collection Sésame ; 94.

PS8563.1762C43 2007   jC843'.54   C2006-942007-6
PS9563.1762C43 2007

Nous remercions le ministère du Patrimoine canadien,
la SODEC et le Conseil des Arts du Canada
de l'aide accordée à notre programme de publication

 Patrimoine   Canadian
canadien   Heritage

      Conseil des Arts   Canada Council
du Canada   for the Arts

ainsi que le gouvernement du Québec
– Programme de crédit d'impôt
pour l'édition de livres
– Gestion SODEC.

Nous reconnaissons l'aide financière
du gouvernement du Canada
par l'entremise du Programme d'aide au développement
de l'industrie de l'édition (PADIÉ) pour ce projet.

Illustration de la couverture
et illustrations intérieures :
Marie-Claude Favreau

Couverture :
Conception Grafikar

Édition électronique :
Infographie DN

Dépôt légal : 1er trimestre 2007
Bibliothèque nationale du Canada
Bibliothèque nationale du Québec

1234567890 IML 0987

DOMINIQUE GIROUX

CHANEL
et ses moussaillons

roman

ÉDITIONS
PIERRE TISSEYRE

5757, rue Cypihot, Saint-Laurent (Québec) H4S 1R3
Téléphone : 514 334-2690 – Télécopieur : 514 334-8395
Courriel : ed.tisseyre@erpi.com

À la belle Valérie
qui sait si bien
s'occuper de Dalye…

Chapitre 1

—**P**UT! PUUUUT!

Comme tous les soirs lorsqu'il revient du boulot, papa klaxonne pour signaler son arrivée.

Et, comme tous les soirs, je me précipite à sa rencontre.

Aujourd'hui, papa débarque de l'auto chargé comme un mulet. Dans ses bras, il a deux sacs d'épicerie remplis à ras bord, sa mallette de travail et son sac de sport.

— Coucou, mon beau papoupet d'amour!

— Allô, Frédérique chérie! C'est bon de revenir à la maison. Je vais enfin relaxer un peu. J'ai eu une vraie journée de fou!

Au même moment, sept petites boules de poils dévalent notre entrée de gravillons. Ce sont les sept bébés femelles de ma chienne Chanel qui viennent aux nouvelles. Elles ont maintenant presque deux mois et commencent à vouloir se faire entendre. Un peu, beaucoup, parfois trop!

«OUAF! OUAF! OUAF! OUAF! OUAF! OUAF! OUAF!»

Pour rendre leur conversation encore plus animée, les sept petites bêtes sautillent autour de mon papou. Certaines s'accrochent à son pantalon, d'autres mordillent ses souliers. Papa doit faire d'incroyables acrobaties pour ne pas trébucher.

— Oups! Hé! Attention, les bébés! Si ça continue, vous allez me faire tomber! Oh! Hé! Mais, mais qu'est-ce que c'est ça?

PATATRAS! Papa glisse et obtient sa réponse en se retrouvant directement par terre, dans un des millions de petits monticules bruns que produit la marmaille de Chanel. Des tonnes de petits tas de...

— CROTTE DE MALHEUR!

Papa ne saurait mieux dire. Je pouffe de rire. Mais pas longtemps. Mon père trouve la situation beaucoup moins drôle que moi. Je comprends qu'il n'apprécie aucunement lorsqu'il me regarde avec ses yeux des mauvais jours. J'ai avantage à filer doux.

— Pauvre petit papou... As-tu mal? Attends un peu, je vais t'aider.

Je n'ai même pas le temps de porter secours à papa. Croyant à un nouveau jeu, les sept chiots l'assaillent de partout, léchant par-ci, mâchouillant par-là. C'est la goutte qui fait déborder le vase.

— Frédérique! Conduis I-M-M-É-D-I-A-T-E-M-E-N-T tes chiens dans leur enclos. ÇA PRESSE!

D'un seul bond, mon père se lève et marche furieusement vers la maison. Il laisse sur le sol les sacs d'épicerie éventrés, sa mallette qui s'est ouverte et son sac de sport. Les chiots gambadent maintenant entre des brocolis, des paquets de macaronis et une pizza toute garnie. Un chiot plus hardi fait même pipi sur les documents de mon papa chéri.

Oh! Oh!... Je n'ai pas une minute à perdre sinon je vais être témoin de l'explosion d'un gigantesque volcan. Papa ne se fâche pas souvent. Mais lorsque ça arrive… Oh là là! Ça brasse en OUISTITI!

— Pitous, pitous, pitous… Allez, hop! On rentre.

Et de un, et de deux…, et de sept. Ouf! Les rejetons sont à présent hors d'état de nuire. Il ne me reste plus qu'à tout ramasser et ce sera comme si rien ne s'était passé. J'espère seulement que papa saura oublier.

Vite, vite que je le retrouve pour dessiner à nouveau un sourire sur son visage. Un OUISTITI de beau grand sourire comme je les aime!

Chapitre 2

Papa ne dit pas un mot. Pas un seul mot. Même pas un mini, mini mot! Comme s'il avait avalé sa langue. Le souper ressemble à un enterrement.

— Je ne comprends pas pourquoi tu boudes puisque tout s'arrange. J'ai ramassé les dégâts, rangé l'épicerie, mis les chiens dans l'enclos, rentré ta mallette et ton sac de sport, lavé ton pantalon. Je t'ai même donné six gros bisous. Que veux-tu de plus?

Mon père soupire à en soulever les montagnes. Puis il replonge sa cuillère dans son bol de crème glacée sans répondre à ma question.

Je quitte la table les yeux pleins d'eau. Papa agit parfois en vrai bébé-la-la têtu et obstiné qui ne comprend rien de rien.

Je sors sur la galerie. Par la fenêtre ouverte de la cuisine, j'entends mes parents discuter. Maman dit:

— Mais enfin, mon amour, tu ne crois pas que tu exagères un peu?

— Ah, parce qu'en plus, c'est moi qui exagère?

— Pourquoi ne pas rire de la situation? Je conviens que c'est enrageant au moment où ça arrive, mais avoue que c'est plutôt comique lorsque tout est terminé.

— Comique, comique! Je ne vois pas ce qu'il y a de drôle à revenir du travail pour être assailli par une meute de bestioles surexcitées et pour finalement me retrouver sur le dos dans...

Tout en parlant, papa rit. D'abord timidement, puis de plus en plus fort. Maintenant, mes deux parents rigolent à tue-tête. Maman reprend la parole:

— Je suis contente de te voir à nouveau de bonne humeur. Chanel et ses bébés sont tellement importants pour Frédérique. Elle passe des heures en leur compagnie. Elle s'en occupe comme une vraie petite mère. Essaie d'être un peu plus tolérant.

— Tolérant, tolérant! D'accord, je veux bien faire un effort. Mais je vais tout de même parler à notre fille et établir certaines règles. Comme celle d'éviter toute invasion de fauves déchaînés à mon retour du travail.

Papa et maman rient à nouveau. Dans ma tête j'imagine les câlins qu'ils se font pour conclure leur entente. Je suis heureuse. Archi-heureuse. Et, évidemment, je suis prête à respecter toutes les règles du monde pourvu que mon papou adoré se réconcilie avec mes pitous bien-aimés !

Chapitre 3

— **B**ravo, Lolita! Tu fais de gros progrès. Je suis fière de toi.

Je joue à l'école avec les chiots. Je leur apprends à descendre l'escalier sans le débouler. J'ai beaucoup de travail car mes petites protégées sont un peu indisciplinées. Heureusement que Chanel m'aide.

Pour sa part, papa travaille dehors. Il sifflote en taillant ses rosiers. Il ne m'a pas encore parlé des règles au sujet des chiens. Mais je vois bien qu'il n'est plus fâché. Je peux poursuivre l'éducation de mes toutous sans inquiétude.

— À toi, Gamelle.

Gamelle ressemble à un hippopotame dans la peau d'une chienne. Dodue, joufflue et un brin maladroite. Mais elle demeure ma préférée. Après Chanel, bien sûr.

Gamelle hésite. Elle avance un peu, puis recule. Elle ne se décide pas à poser les pattes une marche plus bas. Je dois faire preuve de patience.

Par bonheur, les autres bébés ont trouvé à s'occuper. Ils jouent avec le boyau d'arrosage. Un rien les amuse!

— Vas-y... Tu y es presque.

Avec sa truffe, Chanel donne une petite poussée à Gamelle qui perd l'équilibre. Elle tombe sur la première, puis sur la deuxième marche.

Finalement, elle roule comme une boule jusqu'au pied de l'escalier.

Chanel et moi descendons à toute vitesse au secours de mon élève. Je la prends dans mes bras et la caresse avec tendresse. Je lui murmure des mots doux à l'oreille tandis que Chanel lui donne de grands coups de langue affectueux.

— Pauvre petite pitoune. Ça va aller maintenant. Il n'y a plus de danger.

Papa a tout vu. Il s'approche de moi et pose une main réconfortante sur mon épaule.

— Ne t'inquiète pas... C'est robuste une bête comme Gamelle.

Il m'ébouriffe les cheveux et dépose un baiser sur la fourrure blanche et grise de la petite chienne. Ça prouve que la bonne humeur de mon papou est revenue pour de vrai! Mon cœur bondit de bonheur.

Papa prend le boyau d'arrosage et retourne à ses fleurs en chantonnant.

— Frédérique, peux-tu ouvrir l'eau ? Les plantes ont vraiment soif.

La gaieté de mon père me donne des ailes. Je m'empresse de lui rendre ce service.

Mais, au moment où j'actionne la manette du robinet, papa pousse un cri terrible. Je fige sur place. Mes orteils se « raboudinent » dans mes souliers. Je vois alors quelque chose d'incroyable. Notre boyau d'arrosage s'est transformé en fontaine. Des dizaines de jets d'eau giclent à droite, à gauche, par en haut, par en bas. Papa se fait éclabousser partout. Partout ! Partout !!!

Il laisse subitement tomber le boyau et s'éloigne. Les nuages noirs de la mauvaise humeur sont

revenus. Je ferme précipitamment le robinet.

— F-R-É-D-É-R-I-Q-U-E! Peux-tu m'expliquer ce qui se passe?

— Je n'en sais rien, papa. Ce matin j'ai utilisé sans problème le…

Je ne termine pas ma phrase. Gamelle bâille, montrant sa récente dentition. Alors tout s'éclaire dans ma tête : CHIOTS + BOYAU + DENTS POINTUES = TROUS.

Papa aussi vient de faire le lien. Sa colère grossit de seconde en seconde. Il s'écrie :

— F-R-É-D-É-R-I-Q-U-E ! J'en ai vraiment ras le pompon des folies de tes chiots. Je ne veux plus les voir. COMPRIS ?

Mon père entre dans la maison. Il fait claquer la porte si fort que la galerie en vibre. Je suis inquiète comme ce n'est pas possible d'imaginer. Et si papa ne voulait vraiment plus des bébés de Chanel ? J'ai peur. Peur en OUISTITI !

Chapitre 4

Je prépare mes chiots pour la nuit. Je les emmène dans la cave et les installe dans leur enclos.

— Allez… Beau dodo, les cocos!

Malheureusement, mes toutous adorés ne l'entendent pas ainsi. Ils fouillent et farfouillent partout. Ils longent les murs. Ils soulèvent le papier journal qui recouvre le sol. Ils grimpent sur les parois de leur maison nocturne.

Au bout de quelques minutes, ils s'apaisent un peu. J'en profite pour fermer les lumières et me diriger tranquillement sur la pointe des pieds vers l'escalier. Je n'ai pas monté trois marches lorsqu'ils entament une sorte de concert sur sept tonalités différentes.

« OuAFFF ! OuaFF ! Ouaff ! OUaff ! OUAff ! OUaFf ! OuAfF ! »

Je reviens sur mes pas. Mais j'ai beau répéter « Chut ! Chut ! Chut ! » en caressant mes petites protégées, rien n'y fait. Elles sont beaucoup plus d'humeur à fêter qu'à roupiller !

Le ton monte, les jappements s'accentuent. Le concert prend de l'ampleur. À l'étage j'entends papa crier qu'il veut dormir. Je tente à nouveau de tranquilliser ma marmaille. Je double les « Chut ! Chut ! Chut ! » et les câlineries sans grand succès. Au contraire, il me semble que les toutous s'énervent davantage. J'en ai la certitude lorsque papa hurle :

— J'ai dit… SILENCE ! Tu les fais taire OUI ou NON, Frédérique ?

Honnêtement, j'aimerais bien. Mais plus j'essaie, plus c'est la pagaille. Voilà maintenant que les petites coquines font tomber la cloison qui les retient dans leur enclos. En moins de temps qu'il n'en faut pour dire « zut » elles se dispersent pour une balade dans le sous-sol de la maison. Elles ponctuent leur exploration de couinements aigus. Je n'ai plus aucun, mais vraiment plus aucun contrôle sur la progéniture de Chanel.

Pour couronner le tout, Fougasse, Gitane et Gypsie se livrent une course sans merci faisant tomber mille et un objets précieux.

Le vase en porcelaine offert par grand-maman. Le chevalet sur lequel trône la belle toile à la peinture à l'huile que papa achève. La lampe en poterie rapportée du Mexique. La collection de disques vinyles héritée de tonton Gilot. La plante rare que maman bichonne avec soin.

Papa arrive en trombe. Ses cheveux se dressent sur sa tête. Le spectacle qui bat son plein dans la cave le laisse un instant sans voix. Sa bouche est ouverte et semble aussi grande qu'un garage pouvant contenir trois voitures. Mais il a tôt fait de retrouver l'usage de la parole. Même si tout sort un peu pêle-mêle…

— Fou… Frédérique… chiens… Ces… rendre… me… vont…

Je décrypte malgré tout assez facilement le charabia de papa. Il

est clair qu'il dit que les chiens vont le rendre fou. Vite! Il faut que je réagisse avant que sa colère ne devienne aussi grosse que l'Everest!!!

Chapitre 5

Je parviens finalement à rapatrier tant bien que mal mes sept toutous. Je leur murmure qu'ils sont mieux d'être gentils. Très, très, très, très, très, très, très gentils. Plus gentils qu'ils ne l'ont jamais été.

Les petits chiens sont épuisés de leur escapade. Ils s'endorment comme par enchantement. Soulagée, je regarde papa et lui fais mon plus beau sourire. Lui me décoche un regard à faire fuir n'importe qui – et même n'importe quoi! – à des kilomètres d'ici. Avec une voix encore plus glaciale qu'un iceberg, il déclare:

— Ça ne peut plus continuer comme ça. Il va y avoir du changement dès demain. JE TE LE PROMETS… TU PEUX COMPTER SUR MOI, FRÉDÉRIQUE GIROUX-BERTRAND!

Puis il tourne les talons et monte l'escalier en faisant autant de bruit qu'un lion enragé. Ou plutôt autant de bruit qu'une armée d'hippopotames affamés ou que six mille trois cent vingt-quatre chevaux au galop.

J'ai un peu, pas mal, énormément la frousse. Papa tient toujours ses promesses. Toujours, toujours! Ouille, ouille, ouille… Je n'ai pas hâte à demain matin.

Toute la nuit, je songe à des plans. Comment retrouver un papa moins bougon tout en gardant les chiots ? Je pense à une petite maison dans le fond du jardin. Pour les chiens, je veux dire…

Je pourrais peut-être les inscrire à l'école de dressage. Pas pour en faire des chiens savants, mais pour les « éduquer » un peu. Les rendre plus sages, moins énervés. Sauf que ça prend des sous… Beaucoup de sous. Je fouille dans mon vide-poche où je range mon argent. Un, deux, trois dollars dix-huit sous. Pas terrible. Avec ça, mes toutous auront droit à un millième de millième de cours. Rien pour les aider à devenir plus obéissants !

Toutes ces pensées qui fourmillent dans ma tête me rendent anxieuse. J'ai beau me creuser les méninges, fouiller au fond de mon cerveau, je ne trouve pas la moindre miette d'une bonne solution. Je gigote. Je me lève. Je me recouche. Je me lève à nouveau. Je retourne dans mon lit. Je refais le même manège au moins des milliards de millions de billions de fois. Mais heureusement, je sens enfin le sommeil qui...

« OUAF! OUAF! OUAF! »

Et voilà! La « fanfare » est repartie. Je pense que je n'ai même pas eu le temps de fermer complètement mes deux yeux. Je me précipite au sous-sol. Les chiots semblent en grande forme, eux. Pas comme moi. Je me cogne contre tous les cadres de portes tellement je suis fatiguée. Mais je dois réagir vite avant que papa ne se joigne au « concert ».

— Par ici, mes chéris! Hop, hop, hop!

J'en place quatre dans une boîte que je porte dans mes bras. J'essaie de diriger les trois autres avec mes pieds vers la sortie de la cave. Je réussis à conduire tous ces moussaillons vers l'enclos extérieur. Tous sauf…

Il manque Lolita. J'ai beau regarder d'un côté, de l'autre, en avant, en arrière… Pas de Lolita. Je refais le chemin inverse jusqu'à la cave. Aucune trace de Lolita.

Les chiots sont déçus. Ils croyaient le moment venu pour une séance de jeux en ma compagnie. En me voyant m'éloigner, ils manifestent leur mécontentement.

Comme il n'est que cinq heures du matin, je dois les faire taire immédiatement. Mais en même temps, Lolita cavale toujours. Et Chanel qui n'est d'aucun secours ! Elle sommeille sur le perron, indifférente à tout ce qui se passe…

Comble de malheur, Mme Laterreur se pointe sur sa galerie en pyjama et bigoudis. À voir son air de bouledogue, je devine que sa nuit a été raccourcie. Je ne sais plus où donner de la tête. Il faudrait que je me divise en quatre. Une Frédérique pour rechercher Lolita. Une autre pour apaiser la marmaille. Une pour amadouer Mme Bigoudis… Oups, je veux dire Mme Laterreur. Et enfin une dernière pour s'expliquer avec le monstre rouge de colère qui sort de la maison et qui ressemble vaguement à papa.

Trop c'est trop. J'éclate en sanglots, impuissante devant tant de malchance.

Chapitre 6

—**A**llez, ma belle petite puce. Sèche tes larmes. Tout va bien maintenant, me chuchote maman.

—Non… Ça ne va pas du tout. Lolita a disparu. Chanel m'abandonne. Mme Laterreur frôle la furie. Les chiots ne m'écoutent plus. Et papa fait une OUISTITI de TARTE-LETTE de super géante colère laide, laide, laide…

—Tut…Tut…Tut… Tout s'arrange. Papa a récupéré Lolita dans

le jardin d'eau où elle s'était aventurée pour son premier cours de natation. La voisine se remet de son réveil brutal et trouve que pour une fois, elle va avoir quelque chose de rigolo à raconter à ses petits-enfants. Les chiots se sont calmés après avoir avalé tout rond la bouillie que je leur ai préparée. Ils étaient affamés.

— C'est la faute à Chanel. Chaque fois que ses bébés veulent téter, elle se sauve et fait comme s'ils n'existaient plus.

— Tu sais pourquoi ?

— Je pense qu'elle devient comme papa. Elle ne les aime plus.

Maman me serre très fort et essuie mes larmes qui ont repris de plus belle. Nous sommes seules toutes les deux, assises dans la balançoire. Elle prend mon visage entre ses deux mains :

— Chanel s'est très bien occupée de ses rejetons depuis leur naissance. Mais tu as vu comme ils grandissent rapidement. Maintenant ils ont des dents pointues et de bonnes griffes acérées. Quand ils boivent aux mamelles de leur maman, ils lui font mal. Ils l'égratignent et la mordillent. Chez les animaux, cela indique que les petits sont prêts à être sevrés. Ils doivent apprendre à se passer des soins de Chanel.

Je ne suis pas sûre d'aimer ce que j'entends. D'autant plus que je devine un peu ce qui va suivre.

— D'ici quelques semaines, les chiots vont encore doubler de taille. Bientôt, ils vont être presque de la grosseur de Chanel. Tu nous vois entourés de sept mammouths qui mangent comme des ogres ? Qui sautillent partout comme des kangourous fous ? Qui piétinent le jardin et y font plus de ravages qu'un ouragan ?

Maman arrive à me soutirer un minuscule sourire. J'imagine dans ma tête ce qu'elle décrit et je trouve ça drôle. Mais je reprends très vite mon air maussade, car je sais de plus en plus où elle veut en venir. D'ailleurs elle poursuit :

— Et où vont coucher tous ces malabars ? Qui va promener ces colosses et ramasser leurs gros besoins un peu partout ? Non… Je pense que ce serait l'enfer. Je crois que le moment est venu de…

Je me bouche les oreilles. Pas besoin d'entendre qu'elle songe à donner les bébés de Chanel.

Je cours me réfugier auprès de ma chienne. Je me blottis dans sa fourrure et laisse couler ma peine qui n'en finit plus de jaillir. Je n'ar-

rive pas à me faire à l'idée de me séparer de ses petites. De ses petites « grosses » ou de ses « grosses » petites. Je ris de mon jeu de mots. Et, sans en être enchantée, je commence à me rallier à la proposition de maman. Pas beaucoup, mais un peu. Pour l'instant, c'est un peu… Un peu, sûrement pas plus gros que le nombril d'une souris !

Chapitre 7

Papa sait que j'ai réfléchi. Il m'a vue pelotonnée contre Chanel. Il flaire que je commence à comprendre l'urgence de nous départir des chiots. En ébouriffant mes cheveux, il dit :

— Ce ne sera pas facile, choupette, mais c'est la seule solution.

Je tourne et retourne l'idée dans ma tête. À l'endroit. À l'envers. Par-dessus. Par-dessous. Un gros mélange de contradictions.

D'un côté, je vois bien que les chiots sont de plus en plus audacieux. Qu'ils prennent de plus en plus de place. De plus en plus d'énergie. De plus en plus de bouffe. De plus en plus de tout, tout, tout… Et que la patience de mes parents s'épuise, rapetisse, diminue… Il ne faudrait tout de même pas qu'elle disparaisse complètement!

En même temps, comment laisser partir ces petites boules de poils que j'aime à la folie? Je me sens lâche de les abandonner après les avoir tant chéries.

Maman vient se coucher à mes côtés. Nos deux têtes reposent sur les flancs de Chanel. Comme si ma mère lisait dans mes pensées, elle dit tout doucement:

— Te souviens-tu combien tu nageais dans le bonheur lorsque

M. Champagne nous a donné ta chienne?

Si je m'en souviens! Je ne pourrai jamais oublier un jour aussi merveilleux. Tout me souriait. Les arbres, les fleurs, le gazon… J'étais aux anges. Je ne pense pas avoir été plus émue dans ma vie qu'au moment où j'ai pris Chanel dans mes bras la première fois. Je crois bien qu'elle aussi souriait. La joie gonflait tellement mon cœur que j'avais peur qu'il n'explose.

Je n'ai pas besoin de répondre. Maman devine que j'ai saisi. Elle ajoute tout simplement:

— Que dirais-tu de rendre heureuses sept nouvelles personnes?

Ma mamounette se lève. C'est bien avec maman, elle passe ses messages sans jamais insister.

Je reste blottie contre ma chienne le temps de fignoler mon

plan. Si je dois donner mes chiots, il est clair que ce ne sera pas à n'importe qui! Je dois trouver des familles adoptives exemplaires où je serai certaine que mes petites protégées seront bien. Très bien. Très, très, très bien!

Chapitre 8

Jamais une stratégie ne m'a semblé aussi difficile à élaborer. Je songe à mille scénarios. Aucun ne m'apparaît comme étant le bon. Il me faut trouver le meilleur. Le OUIS-TITI de meilleur plan. Après tout, il s'agit de l'avenir de mes chiots. Pas d'une recette de tarte à la crème ou de gâteau au chocolat!

Vendre les petites bêtes très cher? J'oublie l'idée rapidement.

Quelqu'un qui a beaucoup d'argent n'a pas pour autant beaucoup de tendresse. Ousmane, mon copain, dit que je suis folle. Que je pourrais devenir riche. Mais moi, ça ne m'intéresse pas. Je veux rencontrer des gens qui vont aimer mes toutous autant que je les ai aimés. Pas avoir des tonnes de sous. Pour moi, une histoire d'amour, ça ne s'achète pas.

Les donner dans une animalerie? Non, non, non... Juste à imaginer Lolita, Gamelle, Gitane, Gypsie, Fougasse et compagnie enfermées dans une cage en attendant que quelqu'un les achète, mon cœur fond comme une sucette glacée au soleil. Non, non, non... Et s'il fallait que personne ne veuille de l'un ou l'autre de mes trésors. Qu'adviendra-t-il du petit délaissé? Que fera le propriétaire de la boutique le jour où bébé deviendra

plus gros que sa prison? Brr…
J'aime mieux ne pas y penser.

Me pavaner au centre commercial avec mes sept chiots? J'entends d'ici les OH! AH! WOW! HON! HAAAA! Comme ils sont mignons! Comme ils sont chouettes! Comme ils sont adorables! Je sais que tout le monde va craquer devant mes petites beautés. Mais pas question que mes pitous partent avec le premier venu. C'est comme lorsque Ousmane me confie que je suis sa belle princesse. J'aime ça, les compliments, mais je ne suis pas sa blonde pour autant! Ouf! Super compliqué…

Finalement je pense qu'il me faut tout simplement trouver le moyen de connaître des personnes qui veulent un chien. Leur faire passer une entrevue. Les bombarder de questions. Je verrai ainsi si quelqu'un mérite de repartir en compagnie d'un de mes amours chéris. Oui, c'est ça que je dois faire.

Dans ma chambre, je compose un texte. Après plusieurs essais, j'en retiens un qui me semble exprimer tout ce que je veux dire :

*Je suis une petite chienne
de race berger anglais.*

Je recherche une famille adoptive qui m'aimera toujours, toujours, toujours...

- Même lorsque je serai grosse,
- Même lorsque je mangerai comme un éléphant,
- Même lorsque je ferai des trous dans le jardin pour m'amuser,
- Même lorsque je ferai mes besoins partout sur le terrain,
- Même lorsque je voudrai aller me promener mille fois par jour,
- Même lorsque je vous réveillerai le matin en vous donnant un immense « bec baveux » sur le visage.

Si vous pensez avoir assez d'amour, appelez ma maîtresse Frédérique.

Pour prendre rendez-vous, composez le 354-2420.

Je colle sur la feuille une photo d'un des chiots. Dans le bureau de mes parents, j'imprime le tout en plusieurs exemplaires. Puis je vais au village placarder les affiches.

J'ai le cœur à l'envers. Mais, au moins, il ne sera pas dit que mes bien-aimés partiront avec n'importe qui, n'importe où, n'importe comment. Parole de Frédérique!

Chapitre 9

—**A**TCHOUM! Ouf! Ça fait du poil, des chiens comme ça! s'exclame le premier visiteur en éternuant, puis en riant un bon coup. ATCHOUM!

Candidat numéro un... Éliminé. N'aime pas le poil. À quoi M. Machin s'attend-il? À ce que les chiots parsèment le plancher de confettis dorés? Ou de paillettes argentées? Non mais, un chien... ça a du poil.

Du poil, en OUISTITI! Faut faire avec.

— Oh là là! Vous jappez fort, les petits pitous! Qu'est-ce qui se passe avec vous?

Candidate numéro deux… éliminée. Oui, un chien, ça jappe. Ça jappe en OUISTITI, surtout lorsque quelqu'un de nouveau arrive. C'est leur façon de parler. À la place de Mme Tartempion, je m'inquiéterais beaucoup plus si les chiens miaulaient. Ou encore s'ils faisaient « pit, pit, pit » comme les oiseaux.

L'un après l'autre, j'élimine les candidats qui se présentent. Pour ne pas leur dire non en plein visage, je leur fais croire que mes chiots sont déjà tous promis. Que plein de gens sont venus avant eux. Que les nouveaux propriétaires vont passer chercher leur trésor lorsque les bébés chiens seront parfaite-

ment sevrés. Quand ils insistent, je promets de les rappeler si quelqu'un change d'idée. Je note noms et numéros de téléphone comme une vraie « pro ».

Ma petite ruse semble fonctionner. Plusieurs s'en vont déçus mais ils avalent mon mensonge sans douter. Moi, dans ma tête, je suis heureuse. Mes parents devront se rendre à l'évidence... J'ai fait des efforts. Ce n'est pas ma faute si je ne trouve personne qui mérite de repartir avec les bébés de Chanel.

Ma mère vient vers moi. Elle a l'expression de celles qui ont tout deviné. Toujours difficile de jouer à la cachette avec maman.

— Peut-être qu'au fond, Frédérique, vaudrait-il mieux être deux sur le comité de sélection pour choisir une famille aux chiots ?

Je la regarde, éberluée. Mettrait-elle en doute mes compétences ? Elle poursuit en ajoutant :

— Depuis ce matin, neuf personnes sont venues. J'ai parlé avec elles et je crois que les chiots pourraient se porter à merveille avec la plupart de ces gens.

— Ce n'est pas vrai! Ils disent aimer les chiens. Mais je ne les crois pas. Je ne les crois pas une petite OUISTITI de seconde. Je pense plutôt qu'ils seraient mieux avec des toutous en peluche ou des bibelots en forme de chien. Propres, obéissants, silencieux, pas dérangeants... Mais pas avec MES CHIOTS. Oh! Ça non...

— Frédérique, susurre ma mamounette. Sois honnête. Est-il vrai que parmi tous les postulants d'aujourd'hui, PERSONNE ne faisait l'affaire? Ou avais-tu simplement envie que PERSONNE ne fasse l'affaire?

Je baisse les yeux. Encore une fois maman perce les secrets de mon cœur. Le pire, c'est qu'elle a raison. Je sais très bien que mes pitous vivraient heureux avec la grande majorité des visiteurs que nous avons eus. Sauf que je ne souhaite pas le reconnaître. Alors j'ai trouvé mille et un prétextes.

— Viens, ma belle. Allons-y par élimination et rappelons les sept élus que nous aurons retenus.

Épilogue

À chaque appel que je faisais, je sentais naître une GRANDE JOIE. Ou plutôt une IMMENSE JOIE chez mon interlocuteur. Aucune des personnes contactées n'a hésité à revenir. On aurait pu jurer que tout le monde avait attendu sur le seuil de la porte de ma maison.

Mon cœur a beaucoup joué au yo-yo. À chaque départ, il se ratatinait. Mes paupières papillonnaient pour masquer mes larmes. Mais en même temps…

En même temps, j'ai vu des yeux briller. Entendu des bécots se donner. Surpris des dizaines de caresses s'échanger. Sept nouvelles histoires d'amour étaient nées. Ça me réconfortait et ça me rappelait le jour béni où je suis devenue la maîtresse de Chanel.

Depuis, j'ai agrandi mon cercle d'amis. Je rends visite de temps à autre aux nouveaux propriétaires, je vois grandir la progéniture de ma chienne, on échange de bons trucs de dressage, on s'envoie des photos…

Justement, question photos… Les dernières que j'ai reçues étaient porteuses d'une bonne nouvelle. Ou plutôt de sept OUISTITI de bonnes nouvelles. Les sept petites de ma « toutoune » adorée devenaient non seulement beaucoup plus grandes. Non seulement beaucoup plus fortes. Non seulement beaucoup plus grosses. Mais également beaucoup plus rondes. On m'annonce de partout que les cigognes passeront sous peu. De nouveaux chiots devraient voir le jour d'ici une semaine ou deux.

Je me suis empressée d'offrir mes services de gardienne… Ouf ! Qui sait… Si chacune de ces jeunes mamans met au monde sept chiots comme l'a fait Chanel… ça va faire beaucoup de bébés à pouponner !!!

Tout finit par s'arranger… J'aurai désormais une OUISTITI de belle grande marmaille de petits moussaillons avec qui m'amuser ! Yé, yé, yé !!!

TABLE DES MATIÈRES

Dominique Giroux

Dominique Giroux connaît très bien les rejetons de Chanel puisque l'histoire s'est déroulée dans sa famille. Si la petite «Clara» alias «Frédérique» a dû faire preuve de beaucoup d'imagination pour minimiser les démêlés entre son papa et les chiots, l'auteure avoue elle aussi avoir travaillé très fort pour calmer l'atmosphère de la maison. Mais l'aventure en valait le coup, sinon ce roman n'aurait pas vu le jour!

SÉSAME

Collection Sésame